Mark Twain

O PRÍNCIPE E O MENDIGO

Adaptação de
Paiva Neves

Apresentação de
Marco Haurélio

Ilustrações de
Klévisson Viana

São Paulo – 1ª edição – 2011

© *Copyright*, 2011, Francisco Paiva das Neves

Todos os direitos reservados.
Editora Nova Alexandria
Avenida Dom Pedro I, 840
01552-000 São Paulo-SP

Fone/fax: (11) 2215-6252

E-mail: novaalexandria@novaalexandria.com.br
Site: www.novaalexandria.com.br

Preparação de originais: Thiago Lins

Capa e Ilustrações: Klévisson Viana

Editoração eletrônica: Antonio Kehl

DADOS PARA CATALOGAÇÃO

Neves, Paiva, 1963-
    O príncipe e o mendigo / Mark Twain ; adaptação de Paiva Neves ; apresentação de Marco Haurélio ; ilustrações de Klévisson Viana - São Paulo : Nova Alexandria, 2010.
    48p.   -(Clássicos em cordel)

    Adaptação de *The prince and the pauper* / Mark Twain
    ISBN 978-85-7492-223-2

    1. Literatura de cordel infantojuvenil.   I. Twain, Mark (1835-1910). II. O príncipe e o mendigo.   III. Klévisson Viana (ilustrador).   IV. Título. V. Série.

CDD: 398.5

Índice sistemático para catalogação
027 – Bibliotecas gerais

APRESENTAÇÃO

PARA COMEÇO DE CONVERSA

Em *O príncipe e o mendigo*, romance de Mark Twain, não faltam aventura e diversão. Publicada em 1881,[1] a obra se tornou ainda mais conhecida nas várias adaptações para o cinema. O motivo? A clássica história da troca de identidade e as confusões dela decorrentes.

A narrativa transporta o leitor à Inglaterra do século XVI, durante os últimos dias do reinado de Henrique VIII. Eduardo Tudor, filho do rei e, portanto, herdeiro do trono inglês, por obra do acaso, conhece Tom

---

[1] Há divergências quanto à data de publicação da obra original. Na *Enciclopédia Britânica* consta o ano de 1881.

Canty, um menino de rua fascinado pela realeza. Apesar das grandes diferenças sociais, os dois são fisicamente idênticos. A curiosidade de ambos faz com que troquem de roupa e, consequentemente, de identidade. O mendigo Tom, confundido com o príncipe, conhecerá o luxo e as mordomias da corte. Já o príncipe, trajado de mendigo, será expulso do palácio por um guarda que antes maltratara seu sósia. Seus problemas se agravam quando conhece João Canty, o violento pai de Tom, que o obriga a cometer pequenos delitos e a acompanhar uma quadrilha de malfeitores. Por outro lado, o mendigo, transformado em príncipe, se deparará com as grandes injustiças cometidas pelos nobres, ao mesmo tempo em que se envolve em diversas confusões.

No Brasil, além das muitas traduções, *O príncipe e o mendigo* foi transformado numa novela de TV, produzida pela Record, com Kadu Moliterno no papel duplo, e texto do famoso escritor Marcos Rey (1925-1999). Mais recentemente, a mesma história foi reaproveitada em *Prova de amor* (2006), de Thiago Santiago.

No fundo, *O príncipe e o mendigo* é uma fábula sobre o poder ilusório da aparência. É também

um romance que mescla, em doses equilibradas, aventura e comédia. Um grande livro que, na belíssima versão em cordel de Paiva Neves, mantém as características do original, o que torna esta recriação igualmente imperdível.

O LIVRO E SUA ÉPOCA

Publicado em 1881, *O príncipe e o mendigo* retrata uma época bem anterior, o século XVI, quando Henrique VIII (1491-1547) governava a Inglaterra. Este rei era, ao mesmo tempo, um grande administrador e um tirano detestável. Foi o criador da Igreja Anglicana, após rompimento com a Igreja Católica, que não aprovou seu divórcio com Catarina de Aragão e sua união com Ana Bolena. Esta, que foi mãe da futura rainha Elisabeth I, após ser acusada de adultério pelo próprio marido, foi condenada à morte e executada. Do terceiro casamento de Henrique com Jane Seymor nasceria seu sucessor, Eduardo Tudor, o príncipe retratado no romance de Mark Twain.

A vida de Eduardo foi marcada pela tragédia desde o nascimento. Sua mãe morreu 12 dias depois, em decorrência de complicações no parto. Ele próprio viveria apenas 16 anos, tempo suficiente para testemunhar a corrupção moral da corte inglesa, tão bem enfatizada em *O príncipe e o mendigo*.

Depois de Jane Seymor, Henrique VIII ainda desposaria mais três mulheres, de um total de seis casamentos, sendo que a quinta, Carolina Howard, também foi executada sob a alegação de infidelidade.

O PRÍNCIPE E O MENDIGO EM LINGUAGEM DE CORDEL

A versão poética de *O príncipe e o mendigo* é especial por mais de um motivo. Escrita em setilhas (estrofe de sete versos), a recriação de Paiva Neves se vale de outro recurso poético: a *deixa*, assim chamada, pois obriga o primeiro verso (linha) da estrofe a rimar com o último da estrofe anterior. Abaixo, um exemplo nas estrofes que narram o nascimento do príncipe Eduardo e do mendigo Tom, com os contrastes bem evidenciados:

> A cidade festejara
> A chegada desse infante.
> A pátria lhe desejava
> Um futuro radiante.
> Porém o cruel destino
> Reservou-lhe um desatino
> Alguns anos mais pra diante.

> Um pouco dali distante
> Uma outra vida surgia,
> Exatamente à mesma hora
> Desse glorioso dia.
> Em condição diferente
> Numa miséria latente
> Outra criança nascia.

A espantosa semelhança entre os meninos é ressaltada neste ponto da narrativa, numa cena que é essencial para o desenrolar do romance:

> Foram ao espelho pra olhar
> Como é que tinham ficado.
> Ficaram ambos atônitos
> Percebendo o resultado.
> Em tudo eles eram iguais
> Que o rei seria incapaz
> De apontar o filho amado.

Paiva Neves, com brilho próprio, atualiza a obra-prima de Mark Twain, num romance de cordel que, igualmente ao texto que lhe serve de base, emociona, diverte e faz pensar.

QUEM FOI MARK TWAIN

Mark Twain, batizado Samuel Langhorne Clemens, nasceu em Flórida, Missouri, no dia 30 de novembro de 1835, e faleceu em Redding, Connecticut, a 21 de abril de 1910. Aos 12 anos, em 1847, perdeu o pai. Passou a adolescência em Hannibal, uma cidade à beira do rio Mississipi. Antes de se tornar o maior escritor norte-americano de seu tempo, fez de tudo um pouco: foi entregador, timoneiro de um barco a vapor, garimpeiro, lenhador e jornalista.

O reconhecimento veio com a publicação, em 1865, do conto humorístico *A célebre rã saltadora do Condado de Calaveras*. Mark Twain tornou-se mundialmente conhecido pelos clássicos *As aventuras de Tom Sawyer* (1876), *Huckleberry Finn* (1884), *Um ianque na corte do rei Artur* (1889) e *O príncipe e o mendigo* (1881). Uma curiosidade: tanto na data de nascimento quanto na de morte do grande escritor, o cometa Halley, que aparece a cada período de 75-76 anos, pôde ser visto no céu.

QUEM É PAIVA NEVES

Francisco Paiva das Neves – que assina seus trabalhos artísticos como Paiva Neves – nasceu no dia 1º de dezembro de 1963, na cidade de Cedro, sertão do Ceará. Ao completar 15 anos, em 1978, mudou-se para Fortaleza e, desde 1989, mora em Maracanaú, também no Ceará. Travou o primeiro contato com a poesia e a arte popular através de manifestações como reisado, aboio, embolada, cantoria de repentistas, contação de histórias de Trancoso e leituras de romances de cordel.

Em 1989, editou em mimeógrafo um folheto de poesia intitulado *Asas do amanhecer* e, 11 anos depois, publicou *Poema descalço*. Em cordel, além de vários títulos inéditos, escreveu e publicou pela Tupynanquim Editora o romance *O último macho do mundo*. É membro da AESTROFE - Associação de Escritores, Trovadores e Folheteiros do Ceará. Também integra o time dos poetas populares que lutam pela inclusão da literatura de cordel na sala de aula.

Mark Twain

O PRÍNCIPE E O MENDIGO

Oh! Deus da mitologia,
Protetor do mundo antigo,
Manda agora a deusa Atena
Pôr lirismo no que digo,
Com poesia florear
A história que eu vou contar:
Do príncipe e do mendigo.

Foi o destino inimigo
De muita gente na Terra.
Melhora a vida de alguns,
Já pra outros ele emperra.
O próprio dito não nega
Quando diz que a sorte é cega,
Presumindo que ela erra.

No reino da Inglaterra,
Há muito tempo passado,
Com o rei Henrique VIII
Terminando seu reinado,
Devido uma enfermidade
Com enorme gravidade
Deixou o país enlutado.

Com este fato consumado
Teve início a transição
Para assumir o poder
Seu único filho varão:
O jovem Príncipe de Gales,
Nascido longe dos males
Que afeta a população.

Como manda a tradição
De origem muito distante,
São sucedidos monarcas
Sempre a partir do instante
Em que o atual falece
Para que assim se comece
Novo poder dominante.

Reinado principiante
É motivo de alegria.
O reino amanhece em festa,
Com bastante galhardia.
O governante estrangeiro
Sempre manda mensageiro
Saudar o rei que inicia.

Vamos deixar este dia
Para ao passado voltar.
Uns catorze anos atrás
É preciso recordar.
O reino, com muita dança,
Festejava uma criança
Que acabara de chegar.

O povo a comemorar
O grande acontecimento.
O trono ganhara herdeiro
Naquele ilustre momento.
Henrique VIII queria
E a nobreza agradecia
Esse nobre nascimento.

Uma lei no Parlamento,
De caráter especial,
Proclamou naquele dia
Feriado nacional.
Grande comemoração
Envolveu toda a nação
Com o natalício real.

A criança angelical
Que a Inglaterra almejara
Era Eduardo Tudor,
Como a família o chamara.
Dormia envolto em cetim
De todo, alheio ao festim,
Quem tanto o rei ansiara.

A cidade festejara
A chegada desse infante.
A pátria lhe desejava
Um futuro radiante.
Porém o cruel destino
Reservou-lhe um desatino
Alguns anos mais pra diante.

Um pouco dali distante
Uma outra vida surgia,
Exatamente à mesma hora
Desse glorioso dia.
Em condição diferente,
Numa miséria latente
Outra criança nascia.

Sua família sofria
Com grande infelicidade.
Morava dentro do gueto,
Sem qualquer dignidade.
Misturada com ladrões,
Viciados e beberrões,
No subúrbio da cidade.

Mendigavam a caridade
De forma que não convém.
Vez por outra praticavam
Pequenos furtos também.
Um bando de malfeitores,
Bandidos e desertores
Da sociedade de bem.

Esta criança não tem
Afago, dengo e carinho.
Em uns trapos embrulhada,
Parece mais um ratinho.
Tom é seu pequeno nome,
Tem *Canty* no sobrenome
Este pobre menininho.

Tom Canty, já crescidinho,
Alguns anos mais pra frente,
Entre todos os mendigos
Comporta-se diferente.
Difere de outros meninos
Com gestos garbosos, finos
Este humilde adolescente.

A família é indigente
E vive de mendigar.
Seu pai, um desocupado,
Diverte-se a lhe espancar;
Lhe obriga a pedir esmola
Todo dia com uma sacola
Pra seu vício sustentar.

O que ele tem como lar
É um velho casarão
Ocupado por mendigos:
Criança, adulto e ancião.
Cada vão, uma família,
Sem ter nenhuma mobília,
Todos dormindo no chão.

Esses Canty ao todo são
Meia dúzia no total:
Bet e Nan, as irmãs gêmeas,
De caráter especial.
Uma avó muito malvada
Tom e sua mãe amada
E um pai que é marginal.

Lá no Beco Principal
Onde fica sua morada
Acontece muita briga,
Só gente desocupada.
Naquele imenso cortiço
Sempre tem um reboliço,
Muita cabeça quebrada.

E com toda presepada
De tanta gente infeliz,
Tom se sente uma criança
Que sempre fez o que quis;
Correr, brincar e nadar,
E sem destino vagar
Na capital do país.

Ele mesmo sempre diz:
– Eu tenho uma vida igual
A muitas outras crianças –
Isso é muito natural.
Afirmava pra consigo
Que a vida de mendigo
Era bastante normal.

Apesar de todo o mal
Que vitimou sua infância
Dos outros é diferente
Pois não tem ignorância.
Comporta-se como um nobre
Metido no povo pobre
Distribuindo elegância.

As leis contra a mendicância
Castigavam o infrator.
Então Tom se contentava
Com um pequeno valor.
Passava o resto do dia
Ouvindo um padre que lia
Grandes romances de amor.

O padre, com destemor,
Enfrentava o malefício.
Educava a meninada
Com bastante sacrifício.
Filosofia, matemática,
Religião e gramática –
Era este o seu ofício.

Habitante do edifício
Que Tom vivia também,
Ensinava a meninada
Que o mal nunca vence o bem.
Foi expulso da nobreza
Por defender a pobreza
Sem ganhar um só vintém.

Vive como um *Zé Ninguém*
Com um pequeno salário,
Ensinando numa escola
Para filho de operário.
Difunde que o bem comum
Libertará qualquer um
Do poder autoritário.

Nas ideias, libertário,
Falava sobre igualdade.
Criticava a monarquia
Com muita profundidade.
Defendia com clareza
Um sistema de riqueza
Para toda a humanidade.

Padre André, esta bondade
Que de tudo abdicou,
História inglesa e latim
Para Tom tudo ensinou.
O menino mais gostava
Das histórias que escutava
Como tudo se passou.

Ele sempre se encantou
Foi com príncipe e princesa,
Com todas as regalias
Garantidas à realeza.
Um reino de fantasia
Inventou com maestria
E governava a "nobreza".

Com bastante sutileza
Um monarca interpretava.
Entre os amigos mendigos
Sua corte recrutava.
Um reino do faz de conta
Com habilidade ele monta
E dessa forma brincava.

Essa corte funcionava
Na mais perfeita harmonia.
Há barões, duques e condes
Amigos – Tom promovia,
Despachava petições,
Assinava promoções,
Brincava de monarquia.

Nos livros que o padre lia
Ele achava interessante
As histórias dos castelos,
De anões e de gigante
E dos príncipes encantados
Pelos bruxos mal-amados,
De um tempo já distante.

E com príncipe deslumbrante
Passou a querer estar.
Um pouco antes de dormir
Pôs-se um tempo a meditar:
Ver um príncipe bem de perto,
Esse o objetivo certo,
Ao dormir pôs-se a sonhar.

No outro dia, ao acordar,
Foi andando, displicente,
No meio daquele povo,
Se parecia um demente.
Naquele andar enfadonho
Acreditava no sonho:
Ver um príncipe frente a frente.

Na direção do oriente
Foi andando sem destino.
Já estava muito longe
O pobre e infeliz menino,
Quando avistou a muralha
Que separava a *gentalha*
Das casas do povo *fino*.

E quase que, repentino,
Deparou-se com mansões,
Avenidas majestosas
Com enormes calçadões.
Ali morava a nobreza,
Bem distante da pobreza
E de suas privações.

Foi logo ouvindo canções
Cantadas alegremente
Ao dedilhado das harpas
Que gemiam docemente.
Era um coral de donzelas
Que cantavam das janelas
Saudando o príncipe regente.

Ele ficou, de repente,
De emoção paralisado.
Só podia ser um príncipe
O jovem todo arrumado
Que brincava no jardim,
Imitando um espadachim,
Por dois guardas vigiado.

E correu para o alambrado,
Causando um grande alarido.
Um guarda já foi dizendo:
– Ah! que moleque atrevido!
E na frente do fidalgo
Sem mais esperar por algo
Bateu-lhe no pé do ouvido.

Percebendo-lhe ferido,
O príncipe disse ligeiro:
– Pare com essa agressão,
Meu real guarda-escudeiro.
Disse o mendigo: – Obrigado,
Alteza, por ter salvado
Este pobre aventureiro.

Disse o príncipe: – Cozinheiro,
Prepare uma refeição.
Em seguida disse ao guarda:
– Serei seu anfitrião.
E serviu grande banquete
Dentro do seu gabinete
Para o mendigo em questão.

O príncipe estendendo a mão
Disse-lhe: – Muito prazer!
Sou Eduardo Tudor.
Agora tu vais comer.
Vejo que tem muita fome.
Diga-me antes o seu nome,
Pois quero lhe conhecer.

– Alteza, vou lhe dizer
A minha graça qual é.
Sou Tom Canty e sou mendigo,
Moro num pobre chalé.
Disse o príncipe: – Tem talento,
Apesar do sofrimento
A que se expõe na ralé.

E tomando o seu café,
O mendigo foi contando
A sua vida sofrida,
E o príncipe se admirando.
Enquanto fartava o bucho,
Encantava-se com o luxo
Que estava contemplando.

E o príncipe se levantando
Com um sinete de metal,
Foi guardá-lo na armadura
Lá do corredor central.
Era aquilo com certeza
Um dos símbolos da realeza
De interesse nacional.

Foi quando um guarda real
Pôs-se ali de prontidão.
Bem pertinho do mendigo,
Precavendo uma agressão.
Quando o príncipe retornando
De pronto foi avisando:
– Vá em paz, meu guardião.

Não preciso proteção
Pra com este servo ficar.
O príncipe disse ao mendigo:
– Queria te ouvir contar
De folia e de festança
E de proeza de criança,
O que faz para brincar.

– Alteza, vou relatar
O que me pedes que diga.
Já falei dos sofrimentos,
Da minha eterna fadiga.
É justo mudar o tom
Para contar o que é bom
Da minha vida mendiga.

Lembrei-me de uma cantiga
Que mamãe pra mim cantava.
Botando-me pra dormir,
Nos seus braços me embalava.
E com seus lábios risonhos,
Acalentava meus sonhos,
Um paraíso me dava.

Isto solidificava
Minha personalidade.
Vivendo com miseráveis
Com muita necessidade,
Salto sobre as amarguras
E edifico as estruturas
Da minha felicidade.

Andando pela cidade
Sempre encontramos lazer.
A brincadeira na lama
Nos dá um grande prazer.
Tem circo com seus atores
Imitando lutadores,
Se enfrentando até morrer.

Sem ninguém pra nos dizer:
"Faça assim ou faça assado".
Temos total liberdade
Até pra fazer errado.
O príncipe, com olhar brilhante,
Desejou naquele instante
Ser aquele esfarrapado.

E um pouco mais reservado
Afirma o príncipe regente:
– Daria todo o meu reino
Por um momento somente
Que, vestido no seu traje,
Pudesse sentir como age
Um pobre e humilde indigente.

Disse o mendigo: – O presente
Que na vida sempre quis
Era só vestir a roupa
Do monarca do país.
O príncipe disse: – Acertado!
Pois se sinta realizado.
Nós nos faremos feliz.

O fidalgo disse: – Eu fiz
Teu sonho se realizar.
Tirou a roupa em seguida
Para ao mendigo entregar.
– Agora pareço pobre
E você parece nobre –
Disse o príncipe, ao se trocar.

Foram ao espelho pra olhar
Como é que tinham ficado.
Ficaram ambos atônitos
Percebendo o resultado.
Em tudo eles eram iguais
Que o rei seria incapaz
De apontar o filho amado.

Quase que bestificado
Com tamanha coincidência,
O príncipe disse ao mendigo:
– Veja só nossa aparência.
Em tudo somos idênticos,
Parecemo-nos autênticos
Instrumentos da ciência.

Apesar da procedência
Social ser diferente,
Nascemos iguais em tudo
(Falo biologicamente),
Cabelo, boca, nariz,
Frutos da mesma matriz,
Filhos da mesma semente.

Disse o príncipe sabiamente,
Tais palavras ponderando:
– Muito mal agiu o guarda
Quando viu você chegando.
Responde o mendigo: – Alteza,
A polícia com dureza
Vive o povo maltratando.

O príncipe foi alterando
O seu jeito de falar
E saiu para o jardim
Pra com o guarda reclamar.
Quando chegou ao portão
O guarda desceu-lhe a mão
Que fez a boca sangrar.

O príncipe ao se levantar
Gritou: – Seu guarda insolente,
Por esse crime serás
Punido severamente
Com duzentas chicotadas.
Terás as mãos amputadas
No final do sol poente.

– Vai-te moleque indigente! –
Grita o guarda furioso.
Somente por tua causa
O nosso príncipe bondoso
Tratou-me com austeridade...
Ligeiro pula essa grade,
Seu mendigo mal-cheiroso!

E o vigilante raivoso,
Com instinto vingativo,
Chuta Eduardo pra fora,
Tratando-o como um cativo
E que pela multidão
Foi levado de roldão,
Parecendo um fugitivo.

O príncipe, muito emotivo,
Constantemente dizia:
– Eu sou herdeiro do trono!
Com isso é que o povo ria.
Foi motivo de chacota
De toda aquela patota
Fazendo grande folia.

Quando quase anoitecia,
Ele, já desesperado,
Devido ter sido muito
Pelo povo maltratado,
Foi quando viu um orfanato
E pensou de imediato:
"Agora estou amparado".

Quando lhe foi perguntado:
– Quem é você, pobre infante?
Ele respondeu: – Sou filho
Do monarca dominante.
Formou-se uma algazarra,
Promoveram grande farra
De maneira hilariante.

Vamos deixar nesse instante
O príncipe em sua amargura.
Voltemos para o palácio
De secular estrutura;
Pra que possamos saber
E o comportamento ver
Do mendigo nessa altura.

Toda real formosura
De tão grande exuberância
Daquele grande palácio
(Quimera de sua infância)
O mendigo contrastava
Com o suplício que passava
Na vida de mendicância.

Olhava sempre a distância
Toda aquela boniteza.
Mas a demora do príncipe
Deixava-o com a incerteza.
Ser pego desprevenido,
Alguém flagrá-lo vestido
Com a roupa de Vossa Alteza.

Estava próximo da mesa
Quando uma porta se abriu
E uma formosa donzela
De gestos finos surgiu.
Para Tom foi-se inclinando
E com respeito saudando:
– Salve o príncipe varonil.

– Não sou príncipe! Ele partiu,
Disse Tom, já suplicando.
– Sou um mendigo infeliz,
Sempre vivi esmolando.
E ela, com perplexidade,
Disse: – Deus, tem piedade,
O príncipe está variando!

E o boato foi chegando
Lá na corte suntuosa:
"O príncipe está afetado
Por doença misteriosa".
– Quem falar desta loucura,
Vai parar na sepultura,
Lugar de gente maldosa!

Com essa ordem vigorosa
A conversa se findou.
Foi um silêncio completo
E ninguém mais comentou.
O rei, pois, quis conversar
Com o príncipe pra provar
Que o filho não endoidou.

A conversa começou
Com o rei lhe perguntando:
– Está tudo bem, meu filho?
No que Tom foi replicando:
– Perdão, vossa majestade,
Sou mendigo da cidade
E não quem estais pensando.

Com a cabeça balançando,
Mostrando preocupação,
O rei disse: – Meu menino
Perdeu de todo a razão!
Não deve ser nada grave.
Antes que o caso se agrave,
Entremos logo em ação.

O rei chamou seu irmão:
– Conde, veja o dissabor.
A loucura acometeu
Meu herdeiro sucessor.
Preste atenção, senhor lorde,
Meu caro irmão Hertford,
Tu serás seu protetor.

Sentindo no peito a dor
Disse o rei angustiado:
– Esta minha enfermidade
Dará fim no meu reinado.
Como manda a tradição
Prepare a proclamação,
Que ele será coroado.

E que seja condenado
À pena de enforcamento
O vil duque de Norfolk,
Que está no confinamento.
Vá me buscar o sinete,
Que deixei no palacete
Onde fica o Parlamento.

É norma, regulamento
Desta Corte Imperial
O rei só fazer decreto
Com o sinete de metal.
Disse o conde, com certeza:
– Entregaste a Vossa Alteza
O grande sino real.

Mas como o príncipe está mal
Não se lembra onde guardou.
Por muitos foi procurado,
Porém ninguém o encontrou.
Disse o rei: – Vá ao tesouro,
E traga-me aquele de ouro,
Pois muito apressado estou.

E Tom, quando retornou
Para a sala com a princesa,
Com seu tio e lorde John
Teve a primeira surpresa.
Dezenas de professores,
Reais mestres instrutores,
Privilégio da realeza.

Falou com delicadeza
Lorde John para o restante:
– Façam favor, meus senhores,
Pois isso é muito importante.
O príncipe quer repousar
Pro vigor recuperar,
Pois teve um dia estafante.

Longe dali, nesse instante,
Nosso príncipe verdadeiro,
Com sede, com fome e frio,
Vagava sem paradeiro.
Com um puxão violento,
Disse alguém: – Eu te arrebento
E não deixo um osso inteiro!

Era Canty, o cachaceiro,
Que ao príncipe foi prometendo:
– Caso esteja sem vintém,
Já vou logo lhe batendo.
– Pois eu sou o Príncipe de Gales
Que acabará com seus males –
Eduardo foi dizendo.

Diz João Canty: – Não entendo,
O pivete está pirado!
Foi lhe dando um cocorote,
Quando alguém ali do lado
Disse: – Não faça isso, João!
E este lhe bateu o bastão,
Deixando-o desacordado.

João Canty, muito apressado,
Correu pra casa e deitou,
Jogou o menino num canto
E em seguida resmungou:
– Esse besta, *Zé Mané*,
Está ficando lelé;
Esse pivete endoidou!

No outro dia quando acordou,
Um amigo foi falando:
– Levante, João, vá embora,
Pois estão lhe procurando.
Ontem um homem morreu
Com o baque que você deu
Por estar lhe importunando.

Ele já foi levantando
Pegando o príncipe e partindo.
Na direção da floresta
É pra lá que estava indo,
Onde o bando do Pelado
Estava há um mês acampado
E da polícia fugindo.

Estavam já se exaurindo
Quando por fim lá chegaram.
Era quase oito da noite
Quando as pernas descansaram.
Pelado disse: – Compadre,
Sei que tu mataste um padre,
Os mendigos me contaram.

Logo depois que jantaram,
O príncipe foi descansar.
Rapidamente dormiu
E o bando foi festejar
Com música e muita cachaça,
Falando e achando graça
Começaram a conversar.

E aquele tagarelar
De forma intensa aumentou.
Já em plena madrugada
Quando alguém anunciou:
– Tenho a alegria ao dizer:
Acaba o rei de morrer! –
O bando comemorou.

Foi quando o príncipe acordou
Ouvindo a triste notícia
E no silêncio da noite
Seu coração sem malícia
Se envolveu numa tristeza
De tamanha profundeza
Pela falta de carícia.

E na cidade a polícia
Massacrava a multidão,
Com pancada reprimia
Qualquer manifestação
Que demonstrasse alegria
Pelo fim da tirania,
Com a comemoração.

O ato de proclamação
Era uma solenidade
Em que era outorgado ao príncipe
Título de maioridade.
No salão da prefeitura
Foi selada a escritura
Pela régia autoridade.

Tom, com singularidade,
Ouve a nobreza presente
Gritando a uma só voz:
– Viva o Deus Onipotente!
Para o rei dai longa vida,
Que sabiamente decida
Nosso futuro iminente.

Um Tom, inda renitente
Com aquele desenrolar,
Perguntou ao protetor:
– Farão tudo que eu mandar?
Disse o lorde: – És quase rei,
Tua palavra é a lei.
Querendo, é só ordenar.

Assim, Tom pôs-se a falar:
– Alguém precisa correr.
O rei decreta que o duque
De Norfolk não vai morrer.
Agora é a lei da bondade,
Não mais o sangue e a maldade
Para nos fazer sofrer.

Mal acabou de fazer,
A sua benevolência
Foi logo se propagando;
O reino tomou ciência;
Foi comparado com os sábios
Que somente usam dos lábios
Pra proferir sapiência.

Vamos deixar a clemência
De Tom pra outro momento,
Voltemos lá na floresta
Para aquele acampamento
Para do príncipe sabermos
E interiormente entendermos
O seu nobre sentimento.

Era grande o sofrimento
Pela perda do seu pai,
Não demonstrou sua dor
E nem nunca disse um *ai*.
Era a pior provação
Para o herdeiro da nação
Provar-se que o orgulho cai.

Foi quando alguém disse: – Vai
Este rei no inferno arder.
E outro foi completando:
– Já está na porta a bater
Para pagar o pecado
De ter me prejudicado,
Me feito muito sofrer.

Um outro pôs-se a dizer:
– Eu fui um homem feliz;
O meu pai me deixou posses,
Tive sempre o que bem quis.
Tinha uma grande fazenda
Que deixava alguma renda,
Pequena fortuna eu fiz.

Até que um conde infeliz
Tomou toda minha terra.
Eu resisti com firmeza,
Porém o rei me fez guerra,
Mandou o exército armado
Confiscar todo o meu gado,
Impondo a lei da Inglaterra.

Assim é que em mim se encerra
Toda crença neste Estado.
Fiquei pobre e desvalido,
Pela vida desprezado.
Afirmo a todos vocês
Que a vida de camponês
É ser um eterno explorado.

Outro que estava sentado
Ergueu-se quase chorando:
– Vejam só, meus companheiros,
E o seu lombo foi mostrando.
Marcado por cicatriz,
Lembrava um dia infeliz
Que começou apanhando.

O cabelo levantando,
Mostrou a orelha cortada
E virou para o outro lado
Onde não tinha mais nada:
– Isso tudo foi castigo
Por me tornar um mendigo
Desta bela pátria amada.

Na vida já não sou nada,
Porém já fui fazendeiro,
Tinha uma bonita casa,
Ganhava muito dinheiro.
Depois caí em desgraça,
Fui vítima de uma trapaça
De um lorde bem traiçoeiro.

Este destino certeiro
Cancelou minha jornada,
Quando a minha pobre mãe
Na fogueira foi queimada;
Dona do conhecimento
De floral medicamento
De bruxa foi acusada.

Tive a família roubada
E como escrava vendida;
Só me restava roubar
Para lutar pela vida.
Já na primeira prisão;
Foi severa a punição:
Tive a orelha partida.

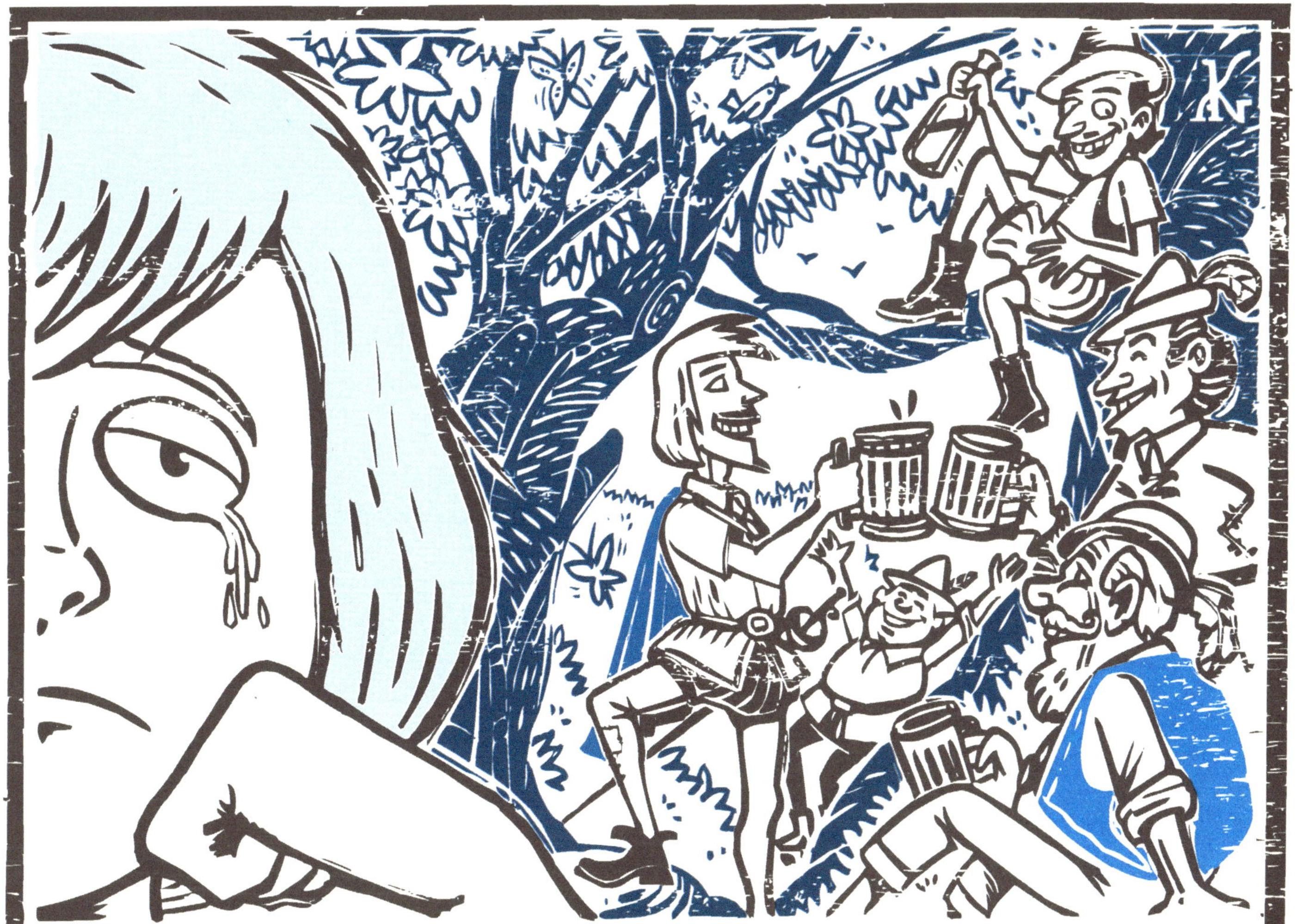

Mas não dei já por vencida
Minha primeira batalha;
Voltei de novo pras ruas
Pra mendigar a migalha
E fui preso novamente,
Punido severamente
Por uma corja canalha.

Deceparam com a navalha
A minha orelha direita.
"Já ficamos com a esquerda
Vê se agora ele se ajeita".
Da próxima vão me enforcar,
A lei é quem vai ditar,
Para o pobre a lei é feita!

Disse uma voz rarefeita:
– Tu não serás enforcado!
Por abolir esta lei
Este dia será lembrado.
O bando caiu no riso
E o rapaz disse conciso:
– Sou rei, e este é meu reinado.

O príncipe, já transtornado
Com tudo ruim que ouviu,
Aproveitou-se que o bando
Completamente dormiu,
E naquela madrugada
Ligeiro pegou a estrada
E para Londres partiu.

E Tom, logo que assumiu
Aquele poder reinante,
Sentiu-se como um escravo
Desta ordem dominante.
Quis de novo a liberdade
De vagar pela cidade
Como um simples mendicante.

Pois naquele mesmo instante,
Já perto do meio-dia,
Uma enorme comitiva
O falso rei recebia.
Tom sentiu chateação,
Burburinho no salão
Feito pela monarquia.

Pela janela ele via
Um aglomerado de gente.
Andavam no meio da rua
Com um barulho estridente
E ao lorde foi perguntando:
– O que é que está se passando
Com aquele mundão de gente?

Como sempre obediente,
O lorde foi ordenar:
– Capitão, vá lá na rua
Para o povo perguntar.
O capitão foi correndo
Logo retornou dizendo:
– Vão três pessoas matar.

Quase sem raciocinar,
Tom, num impulso repentino,
Disse: – Tragam as três pessoas
Que caíram em desatino.
Saíram dois delegados
Pra trazer os condenados
Daquele triste destino.

Tom julgava por cretino
Todo e qualquer julgamento
Que condenasse as pessoas
À pena de enforcamento.
E dizia: – É sempre a morte
Servindo como suporte
Aos pobres de nascimento.

Naquele exato momento
No palácio vão chegando
Vinte e três policiais
Os três presos escoltando:
Uma menina assustada,
Uma mãe desesperada
E um homem quase chorando.

Tom pra aquele homem olhando
Recordava um conhecido.
Porém não lembrava quem
Com ele era parecido.
Quando o homem ergueu a vista
Deu para Tom uma pista
Pra lembrar-se do esquecido.

Lembrou-se do acontecido
No começo de janeiro.
Uma criança de rua
Naquele dia primeiro
Pelas águas foi tragada,
Só não morreu afogada
Pela ação de um forasteiro.

Foi aquele prisioneiro
O herói daquele dia.
Mergulhou dentro do rio
Com bastante valentia.
Salvou da morte a criança
E Tom guardou na lembrança
A feição que agora via.

Assim Tom se comovia
Com aquele sofrimento.
Perguntou para o juiz:
– Foi justo o seu julgamento?
Então, o juiz respondeu:
– O crime que cometeu
Foi por envenenamento.

Não adiantava lamento
Clamando por piedade.
Pois este tipo de crime
Era uma grande maldade.
– Que a justiça seja feita! –
Disse Tom com a voz refeita. –
Precisa severidade.

– Peço a Vossa Majestade –
Disse o pobre condenado –
Que tenha por mim clemência:
Deixe que eu seja enforcado.
E Tom disse, sem entender:
– Isso vai acontecer...
– Não, eu vou ser cozinhado!

– Nem que tivesse matado
Cem homens de uma só vez,
Não merece tal suplício
Para pagar o que fez!
Enforcado tu serás,
Desta forma pagarás
Teu ato de insensatez.

E o réu, bastante cortês,
Ficou muito agradecido.
Então, Tom disse pra ele:
– Faça seu último pedido.
O réu disse: – Ser lembrado
Como homem que foi honrado
E estarei agradecido.

Se eu tivesse um conhecido
Morando neste lugar,
Com certeza provaria
Que em vez de vida eu tirar
Tinha um menino salvado
Das águas do rio gelado
Que estava pra se afogar.

Isso em Tom fez despertar
O espírito de Salomão
Que reinava com justiça
Em qualquer ocasião.
E ao juiz foi ordenando:
– Por favor, vá relatando
Sobre esse crime em questão.

O juiz, um ancião,
Começou logo dizendo:
– Numa vila bem distante
Um homem findou morrendo.
Ele foi envenenado
E pessoas do condado
Viram o assassino correndo.

Testemunhas descrevendo
Como era o envenenador,
Fizeram a polícia ir
Na pista deste infrator.
Tom disse: – Me diga agora
A data precisa e a hora
Em que agiu o matador.

Disse então um promotor
De justiça do reinado:
– No primeiro dia do ano,
O fato foi consumado
Às dez horas da matina –
Tom findou a sabatina
Dizendo: – Estás libertado.

E disse a um delegado
Chamado de Josué:
– Traga a mulher e a menina
E coloque ali de pé.
Como foram processadas
E em seguida condenadas?
O crime delas qual é?

– Foi um crime contra a fé
Da nossa população.
Negociaram com o diabo
E não merecem perdão.
E desta forma simplista
Votava o nobre jurista
Pela decapitação.

Tom ouviu com atenção
E se pôs a meditar.
E perguntou pra o juiz:
– E alguém conseguiu provar?
O juiz disse ligeiro:
– Meia-noite no mosteiro
Foram com o cão[2] se encontrar.

---
[2] O diabo.

Tom tornou a perguntar:
– Depois o que sucedeu?
E o precavido juiz
Dessa forma respondeu:
– Digo a Vossa Majestade
Que uma grande tempestade
No condado aconteceu.

A lavoura pereceu
E a vila foi destruída.
– Responda-me – disse Tom –
Teve ela a casa ruída?
– Sim senhor – disse o juiz.
E Tom disse: – Essa infeliz
Só pode ser suicida!

É por total descabida
A tese da tempestade.
Ninguém provoca tufão
Pra sofrer calamidade.
Mulher, faça ventar forte
Que se livrará da morte
E terá felicidade.

– Perdão, Vossa Majestade! –
Disse a mulher temerosa. –
Não tenho nenhum poder.
Isso foi gente maldosa
Que levantou esse falso
Pra me ver no cadafalso
Com história mentirosa.

E vendo a mulher chorosa,
Tom, um pouco refletindo,
Disse: – Soltem essa mulher,
Que ela não está mentindo.
Se tivesse esse poder
Faria tudo pra ver
Sua filha escapulindo.

Se eu fosse sucumbindo
Bem pertinho de morrer
E mamãe tivesse pacto
E do diabo algum poder,
Esmagaria uma serra
E destruiria a Terra
Só pra me fazer viver.

Assim é o jeito de ser
De toda a mãe do universo.
E disse a mãe muito alegre:
– Enfrento qualquer reverso.
Pra defender minha filha,
Brigo até com uma matilha
E com o povo perverso.

Mudo agora o tom do verso
E vou para o principal:
Na hora do coroamento
Lá no Palácio Central,
Tom já vai ser coroado,
Dessa forma declarado
Rei em ato oficial.

No período matinal,
No congresso da cidade,
O chefe do parlamento,
Usando de autoridade,
Presidindo uma sessão
Foi fazer a coroação
Com muita solenidade.

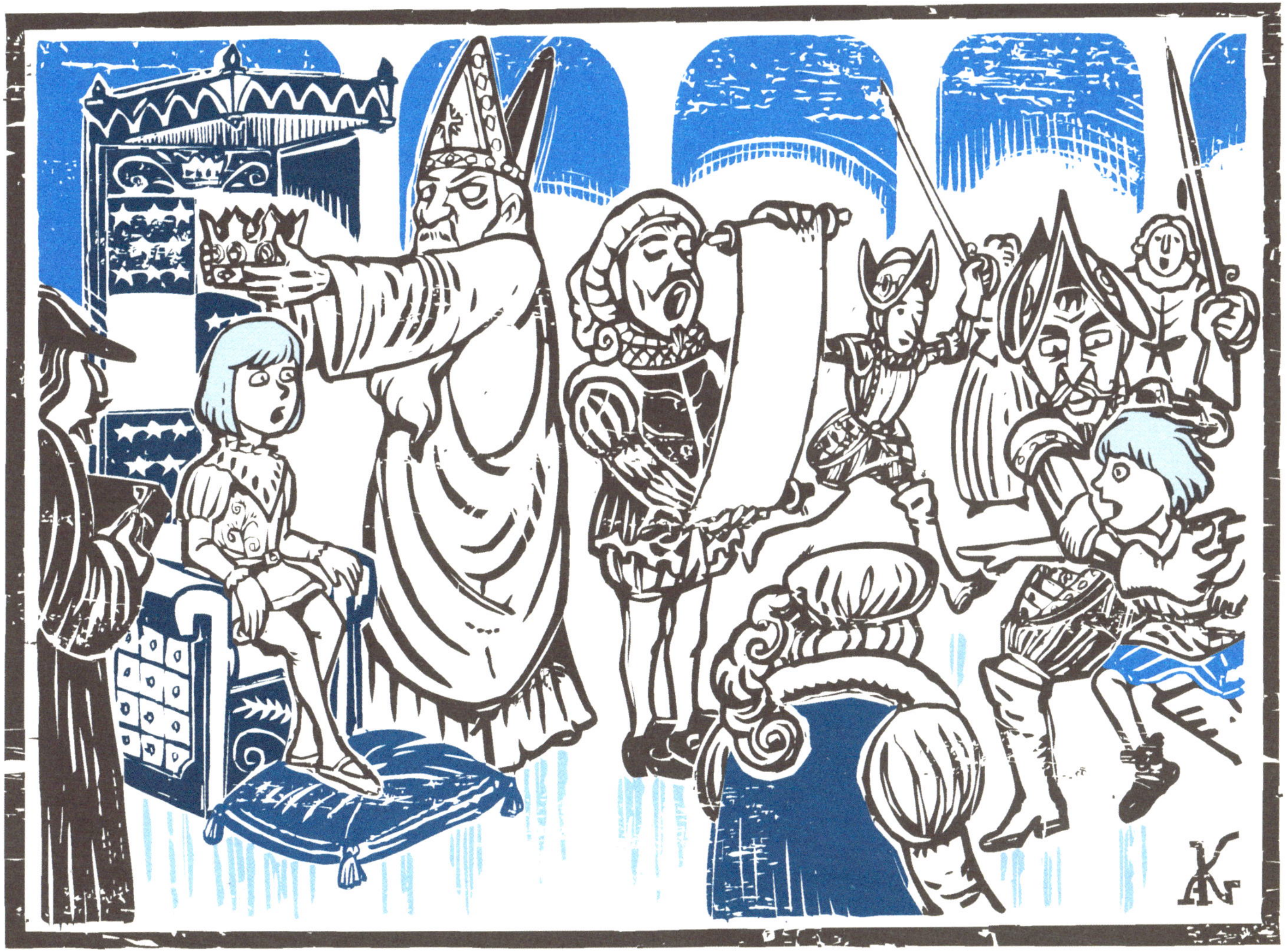

Com grande perplexidade,
O auditório se calou
No momento em que uma voz
De repente anunciou:
– Sou eu o rei verdadeiro.
Ele é só um embusteiro
Que pelo rei se passou!

No momento o lorde olhou
Pra um menino mal-vestido.
Então, gritou para o guarda:
– Prenda agora esse bandido!
Mas era o rei verdadeiro
Que tinha entrado primeiro
Em meio ao povo escondido.

Tom, vendo aquele alarido,
Grita imediatamente:
– Não toquem neste menino,
Que ele é o rei certamente!
Formou-se uma confusão
Ao notarem que os dois são
Iguais geneticamente.

Mas o lorde prepotente
Ordenou a expulsão
Daquele sujo mendigo
Que entrou ali no salão.
Porém Tom, com sapiência,
Disse: – Um momento, excelência,
Vou resolver a questão.

– Somente o rei da nação,
Filho do rei falecido,
Poderá nos dizer onde
Foi o sinete perdido.
Portanto, meu rei bondoso,
O sinete misterioso
Foi por você escondido.

Lembre-se, meu rei querido,
Como tudo aconteceu.
A saborosa comida
Que você me ofereceu.
Aí tu foste à estante
E pegaste algo importante
E em seguida escondeu.

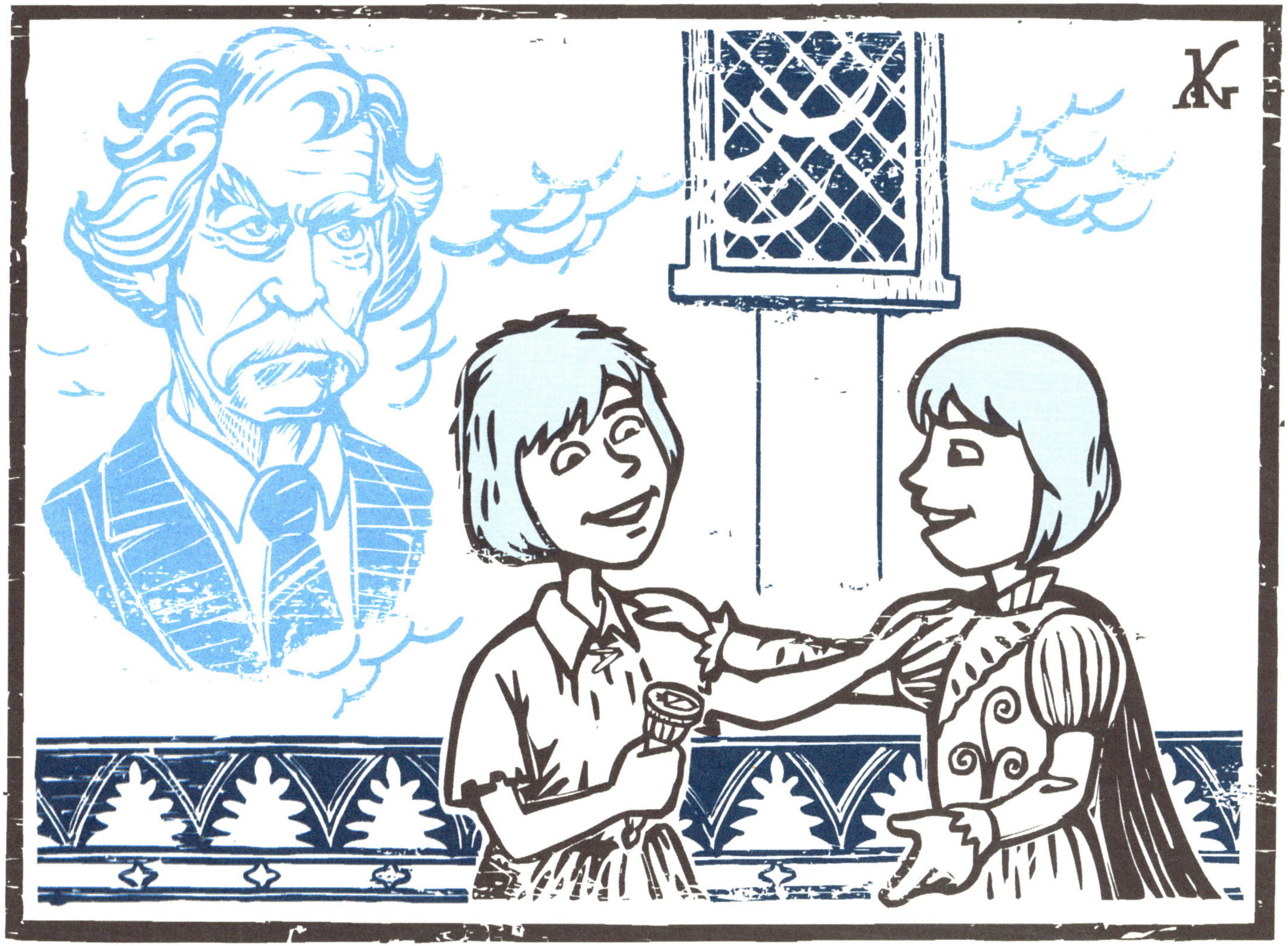

Eduardo estremeceu
Ao começar a lembrar:
– Meu amigo lorde John –
Começou ele a falar –,
Lá no corredor central
Na armadura de metal
O sinete deve estar.

Ficaram pouco a esperar,
Pois logo o lorde voltou.
Nas mãos trazia o sinete
E a todos emocionou.
Eduardo foi coroado
E Tom foi condecorado
Pelo bem que praticou.

Mark Twain relatou
Essa história do passado.
Rei Eduardo existiu
E o resto foi inventado.
É uma bonita história,
Registrada na memória
Daquele antigo reinado.

Ficou um aprendizado
Pra nos fazer entender:
Nenhum dinheiro do mundo
É possível de fazer
Vender a felicidade.
Essência da liberdade?
Ser livre para viver.

FIM